AQUARIUS

AQUARIUS

AQUARIUS

AQUARIUS

每個人心中都有一座島嶼，
藉文字呼息而靜謐，
Island，我們心靈的岸。

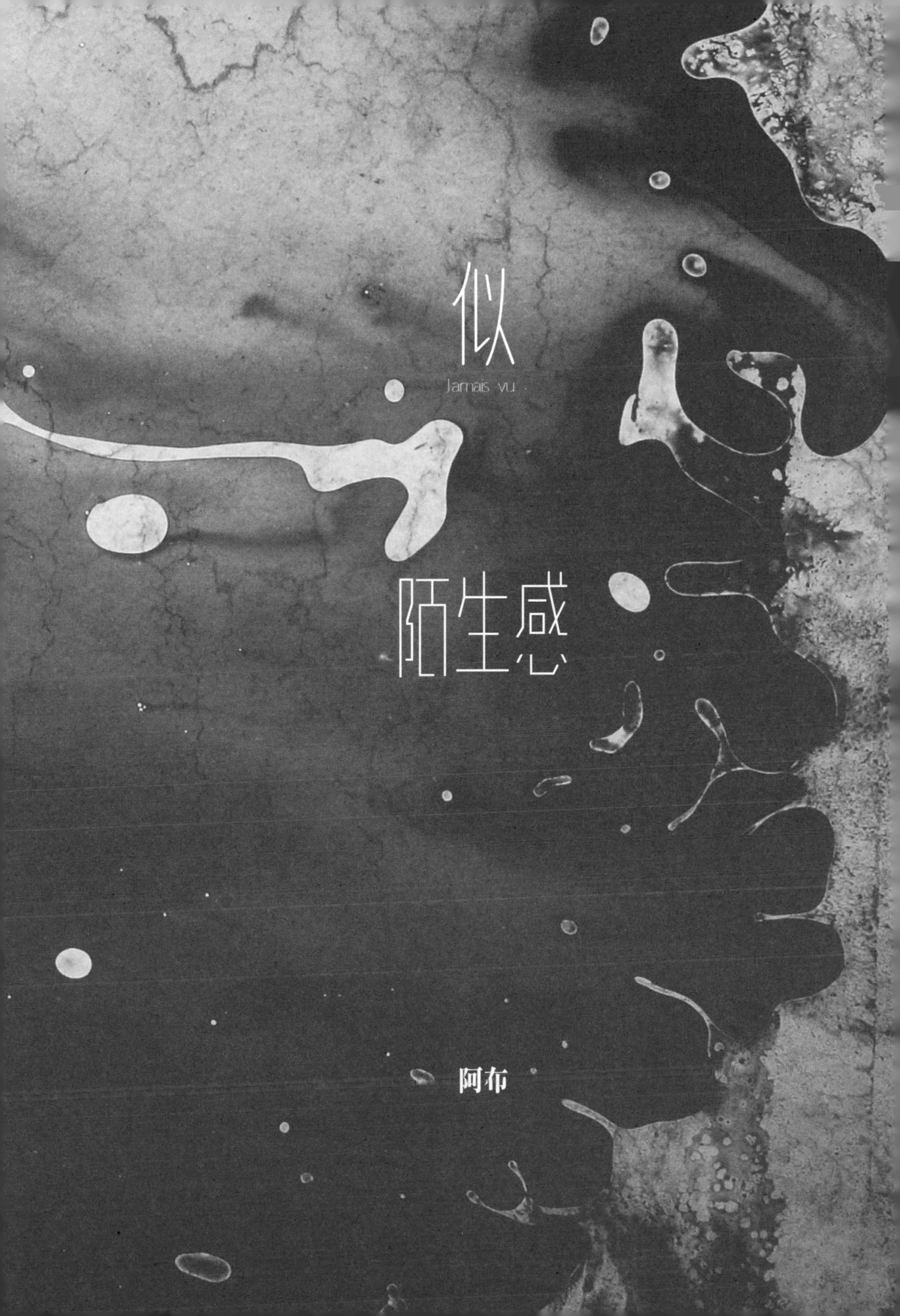
似
Jamais vu
陌生感
阿布

來自詩壇的推薦！

《Jamais vu 似陌生感》是一本有野心的詩集。野心，可以從和過去對話的企圖看出來（詩集名稱《Jamais vu 似陌生感》呼應四年前出版的《Déjà vu 似曾相識》，序詩〈神農氏〉也是出自上一本詩集），可以從詩集的架構裡看出來。詩人蒐集了許多尋常的人時地物（有趣的是，沒有事，或者說事其實在人時地物之中？），賦予它們陌生的意義、陌生的故事／敘事，於是我們好像第一次看到它們，雖然我們已經看過它們好多次。陌生與熟悉的對話（非對立），以及兩方互相拉扯、交融、互換角色而產生的張力，是本書最迷人的地方。同樣的張力，也可以在天真與世故、少年與老成、抒情與批判的交流／交談中看到。在多面鏡子互相折射、產生出有如縱列房間（enfilade）般的影像之間，我看到一個年輕詩人展開他的而立之旅。奇妙的是，閱讀這本詩集，我也開始思索我的而立是什麼、我在成長路上的Jamais vu和Déjà vu是什麼了。

——**林蔚昀**（詩人、作家）

這是我們熟悉的箱型造景。
其中有向光性的愛人，以及飽滿的呼吸。
但是寂寞太瘦，所以阿布給了我們更大的容器。
從此，相鄰的二個字才彼此華麗。

——嚴忠政（詩人）

目錄

輯二・時

輯三・地

輯四・物

Jamais vu: A false feeling of unfamiliarity with a real situation that one has previously experienced. (Kaplan & Sadock, Synopsis of Psychiatry, 11th edition)

〈序詩〉

神農氏

此時，草木尚未命名
枝椏密布天空
神靈藏諸深山，鳥獸疾走
一畝新綠的田
文明萌芽

族人才剛學會了耕種
在安靜的平原上，植物般繁衍

時節已近半夏
瘟疫蒸煮著初生的智識
你離開人群，辟邪厲而遠志
選擇一條沒有光的路
「味苦，性平。」
走過毀棄的田野
走過令人陷溺的沼澤地，王不留行
親近那些根著土裡
未經修飾的滋味與德行

前方落下的葉子
停在你的肩上、髮上
那原是一種，木本的思想……

大霧起時
植物都有了自己的名字
與靈性
羞怯地呼吸，等待發現
你知道，而且你願意信仰

彼時，草木皆尚未命名……

（收錄於《Déjà vu 似曾相識》）

輯一・人

蚩尤

紀元開始之前，我的族人
就與走獸一起覓食
與飛禽共享天空
狩獵最桀驁的景色
大地平坦
一如我們的信仰，日出時
遍野金光

大風自北方吹來
飛砂蔽日，陳腐的霉味
有人說那是文明的氣息
我偏偏嗤之以鼻

我本不屑衣冠楚楚的中原
但天生喜歡逆著風的方向
翻越高聳的圍牆

對於被制度囚禁的土地
還懷有解放的欲望
我野蠻的想像
將比他們虛偽的歷史
更加猖狂

他們曾輕視於我
一個野人，在辭令之間
顯得衣不蔽體
但我狂妄的創造力
屢屢將他們迎頭痛擊
北方諸神
都必須向我行禮

那年在涿鹿之野
我初次嚐到敗績
他們有著模糊的五官
說同樣的話語
他們的背後是整個天庭
但我的援軍
始終只有自己的信仰
我孤獨的影子，是風中
驕傲的戰旗

一如倒臥在泥濘裡的神木
持劍的戰士死去了
拿筆的人寫起歷史
英雄都回到神話裡
就讓傷口繼續流血吧
紅色，本是南方的顏色

但那些冷卻的反抗的血
液態的火種，滲入土裡
總有解凍的一天
不願臣服的人們
都有可能是我的後裔

當你感到懷疑
就站起身，朝北方走去
只要你敢繼續想像——

諸神將再一次
向我行禮

牛頓

總該有個引力
讓行星聚集
讓每顆蘋果
落在適合的土裡
物質的定律在我胸口
努力伸出手，彷彿就能觸碰

星座彼端
上帝的指尖

關於信仰
是我與真理之間
距離平方的反比
擁抱宇宙裡最大的祕密
如果你不肯靠近我
我就朝你走去

貝多芬

我已經聽不到了，但感覺得到
昨天夜裡
雨打在玻璃上
一群透明而跳躍的附點
八分音符

窗外零碎的切分音
斷開夜的平均律
麻雀們告訴我
星星消失得比清晨更早
這些我都知道

如果此刻有低音大提琴會更好
第一道陽光就要穿透雲層
遠處

教堂的鐘聲即將敲響
所有的噪音都消失以後
才能聽到
神最純粹的交響樂
只在失去聲音的耳朵裡
響起

莫內

那時還是夏天
曾經我每次落筆
都產下一枚光的蛹
等待時間
孵化出色彩

而後冬日降臨
荷葉落盡
蝴蝶也紛紛離去
只剩一束微弱的光
照在掌心

最後
祂奪走了光
但我手中還有筆

只有我能清楚看到
那些枯萎的荷花
在我死後

都將在我的畫裡
大舉盛開

梵谷

凝視過人間太久
星星都磨穿了洞
終究是背光的一生
太多噪音了
那些收割後的耳朵
只能留在畫裡

成為永恆的向日葵
吹奏光之銅管
在日出以前
世界還沒有色彩的時候
就已經抵達過
最高亢的音

陳澄波

那些因過早綻放
而凋零的光
都來到我的調色盤裡
成為油彩的一部分
讓我用一生
餵養它們

終有一日
我們的故事
會填滿貧瘠的白色年代
歷史濺出的鮮血
將使我的色彩
更加淒厲

＊二〇一五年二月二日，Google台灣版首頁以陳澄波畫作〈淡水夕照〉紀念這位死於二二八事件的畫家。

哥白尼

有時需要說服自己
宇宙深處
一定有什麼更明亮的
像太陽
足以讓流浪的行星相信
永不改變的核心

吳清源

枯坐於此
斗室裡幽玄深奧
足以將一生雕成一支
被風吹奏的洞簫
時間流過
共鳴著靈魂的孔竅

勝負離開心頭
棋還停在手上
一隻振翅的鳥，即將飛往
肉身抵達不了的地方

斟酌過日月的指尖
就再也無法迷戀
尋常的光
落日圓滿如棋
在雨後寥落的竹林裡成熟
持白讓先，起手無反悔餘地
滅去燈光

夜裡就能有滿天星斗
安靜而神祕如我
華麗的布局

白晝追逐黑夜
風往不同方向吹
但棋還停在手上
有人機關算盡
經營著角地

有人已經高踞
比天元更遠的地方

＊吳清源（1914—2014），昭和棋聖，稱霸日本棋壇數十年。

地藏王

已經獨自走過
陽間最後的渡口
此後再也沒有人
願意為我擺渡

前方起了大霧
不可知的旅途
眺望時間的盡頭
是否有人一直在那裡
等我

輪迴五百年中
所有念過的經書
都已經被雨打濕
身後的沼澤地
剩下一行潦草的足印
留在土裡

往前一步就要踏入黑暗
那些回憶的鬼魂
一路跟隨著我
燃燒幽微的燐火
為我指路

跋涉過無盡的山水
親手推開最後的門扉
把紅塵的重量頂在錫杖上

地獄最冷的日子
我依約回到這裡
在苦難中
成為自己的王

菲爾普斯

覺得世界太過喧鬧
只待哨音一響
就把所有的掌聲
都留在水面上

他們對我的印象，靜止在

從高處躍下的姿態
不需要水花加冕
我已潛入自己的底層
比目光更深的地方
此刻除了速度
前方再也沒有任何事物
讓我分心

那已是世界紀錄
開拓的前緣
從未有人進入的世界
距離我的極限
只差一個指尖

每一次划手
都是朝深處挖掘
被我往後拋出的水
終究成為前進的一部分
等待離開水面
再次被看見的時候
我將超越
我自己

＊菲爾普斯（Michael Fred Phelps II），美國游泳選手，幼年時被診斷過動症；於二〇〇八年奧運奪下八面金牌，刷新數項奧運紀錄與世界紀錄，是歷史上奧運獎牌與金牌最多的運動員。

拿破崙

午睡醒來
忽然又回到熱帶
此時唯一跟隨我的部隊
只剩整座島嶼的浪
繼續伏擊著無風的午後
太多指揮官的年代

已經沒有英雄了
我讓自己遠離那些蒼白的辭令
安靜坐在陽光裡
曬成一頁
薄薄的傳奇

那些在生活中
失散已久的戰馬
都回到我夢裡來吧

沒人知道
在我的心裡
還有最後一座堡壘
未曾被人攻下
比海更近，比地圖更遠的地方
還埋伏著一支軍隊
隨時準備開拔

后羿

朝著天空中
最明亮的地方
把自己裝上弓弦
奮力地拋射出去

日復一日
把自己拋射出去

太陽墜落以後
那些高燒的夢想
失去距離
都變成了烏鴉
有著沙啞的嗓音

即使被焚盡
也還是要想起
我們橫越天空的時候
風擦過耳際
宛如神靈

嫦娥

嫦娥應悔偷靈藥
碧海青天夜夜心
——李商隱〈嫦娥〉

他們說
這是背叛
所應得的詛咒

但廣寒宮中的歲月
並不如想像漫長
還能豢養玉兔
一如我不必說話的孤獨
不再需要愛與等待
整片廣闊貧瘠的大地
讓我任意開創與重來
眾人皆往下跳的年代
地表擁擠
燠熱的空氣
比稀薄更加難耐
遠離一切噪音
高踞所有人之上

我是
唯一的王

老水手

離海最遠的日子裡
每天早晨
胸口的海洋
還有汽笛激勵人心
偶爾想要起錨的時候
就推開窗

釋放

眼睛裡的海鷗

天文學家

夜空中的距離
是最難拒絕的陷阱
捕捉了所有視線
「即使在最遙遠的角落
也有星星正努力燃燒吧」
還願意相信的人

都發著光
天使的足跡
成為星座

光年之外
一個手無寸鐵的
年輕觀星者
好奇的目光
穿越一百五十億年的黑暗

擦亮夜空
點燃整個宇宙

革命軍

曾經是那樣的年紀
牆上貼滿口號
但我們手中
還握有沉默的槍枝

我騎在馬上
做你的革命軍
在人群裡排著隊
安靜穿過
黎明前的拱門

此去不遠就是征途
穿越謊言的雷區
現實大舉入侵
噪音掃射過整個時代
地面散落著
冒著煙的
被遺棄的彈殼

戰場上那些飛走的子彈
最終能蛻變成蝴蝶嗎

最後一場空襲結束
火光撤退
空降鍍金的清晨
前方已經沒有敵人了
失落的疆土都已收復
我在戰壕裡

點燃口袋最後一支菸
試著寫一封信
描述戰場上
盛開的向日葵給你

慣竊

離開了鑰匙
鎖就失去意義
沒辦法停止時間
就把鐘打破
滿地扎人的玻璃碎片
像那年

沙灘上被海帶走的留言

把屋子裡
生活所需的一切都帶走
只留下你不需要的
還有我

鑰匙也被你拿走
離開前最後一個請求
記得把門關好
上鎖

浪人

路上滿是進京的人群
獨我醉臥道旁
帶著三分酒氣
與七分不合時宜
多想寫出一首詩
來耗盡一生才氣

滿城春色裡
我只帶走一個空的包袱
從此放任自己
成為一個飄蕩的人

要穿過多少生活的暴雨
才能抵達
寧靜的山區
沿途都是泥濘
你夜騎數百里
為我捎來
遠方革命的消息
面對整個星夜的暴亂

我只能用珍藏的最後一壺酒
作為交換

再次醒來，已經是現代
工廠的黑煙
綁架著遠方的雲
殘酒空瓶
任意孳生著蚊蠅
路旁破廟裡新塑的神

不知已換過幾輪
就讓一路凋零的桃花
送我下山
至少雨落了以後，泥地裡
猶有十里濃香

革命者

革命就是日復一日
朝著遠方的高牆扔石子

等到春天來時
牆下的石頭堆
會紛紛開出野花

變態

在捷運上
他們施捨給我許多眼神
讓我知道
比起那些美麗翅膀的同類
自己並不完整

尾隨進入暗巷
請不要尖叫
那是因為我也怕黑
跟著你就一定能走出去吧
或許連夢裡幢幢的影子
也都不再恐懼

我所擁有的美德是沉默
如寄居在房間裡

一隻安靜的滑鼠
在泥濘中努力挖掘
與整個世界鍵結的網路
地底深處
會有另一片天空嗎
不再有摩天大樓阻擋
讓一群白鴿飛過

等到心底的禽獸都睡去以後
像一枚安靜的蛹
撕開夜的大衣
暴露出柔軟的自己
對每個遙遠的星星證明

我原是
無邪的太陽

論劍

我們決戰於此
愁雲慘霧的醫院之巔
攤開自己的肉體
與醫師談判
割地
訂條款

在疾病的崖前
我們戒酒、封菸
與自己的身體
簽署停戰的宣言
金盆裡用酒精乾洗手
未減當年豪氣
——只是城裡的武器店
何時改賣輪椅血糖機？

夜裡一陣暗器的暴雨
薄霧掩沒幾個隊友的身軀
有人登入有人離線
轉眼間又是十年
大俠們此去路遙不復還
備好各類祕方
壯大自己疾病的派別
且看下次華山論劍
你有你的心律調節器
我有我的人工膝關節

游泳選手

此生游出最好的成績在
十七歲盛夏
青春還是一塊藍色的明礬
讓所有噪音沉澱
時間是盛開的水花在前方
等待指尖穿透阻力

直抵世界
透明的核心

後來在陸地上累了
就跳下水
有時被大腦遺忘的
就用身體去記得

外野手

在場外
我們夜夜練跑
只為了接住一生僅有一次
偶然落下的流星

道別

放開手
轉身，後退一步
把空間讓給
一個擁抱

登山者

只要腿還能動
就註定要繼續攀登吧
鑄造多年的背肌
是為了扛更多天的食糧
眼神是鳥
總想飛往更高的地方

未曾攻頂的那座山
還藏在心底深處
但今晚就先在此紮營吧
生營火烤暖凍傷的手
雲霧散盡之前
我們適合等待

致最初的讀者

——你願不願意和我去一個
沒人能找到的地方？

#

我是小心翼翼的賊
每天晚上潛入你夢中

企圖偷走諸神遺落的一顆星
卻意外撞見了
一整個巨大
而繽紛的宇宙

我貪婪地留在你的夢裡
指認著新的星座
此時，我還不知
一個故事在漫長的時空中
等待拆封
載滿意象的火車
正準備啟航

#

我用文字，在時間的荒原上
砌一堵牆
但願意為你留一扇窗
推開窗就能見到你居住的草原
彷彿不小心牽起手
就輕易觸碰到永遠

搭乘列車穿越宇宙
窗外風景隨你的心情而變動
七月流火，五月
是鑲金的晚雲
你是霧
你是晨光
你沐浴日出而誕生
是我所能描述
最初的海洋

#

穿過霧的斷面
我們回到相遇以前的時間點

那時是泥沼，是森林，
我們的足跡尚未成形
岩石上布滿苔蘚
黑暗深處有獸群低吼的聲音

在相遇以前
我們的故事還沒開始
風還很靜
等待降生的文字靜靜睡著

棲息在樹枝敏感的末梢
是一群細小
而羞怯的精靈

#

降霜那天
你懷中藏有我的思緒
越過南面的山丘
一直走到濱海的碼頭
前方再也沒有路了
海沒收了我們所有視線

世界的盡頭，再也沒有人
能夠阻止我們相愛
末日之後
練習以一種破碎的姿態擁抱
以凍傷的唇接吻
我們一面傷害彼此
一面如指南針被巨大的磁力吸引
迂迴靠近
「像航向南極的破冰船，」你說

破冰船是很美的隱喻
沿途水道險阻
堅冰在船舷鑿出細痕
船後微微的波紋
是海練習融化
是愛過的證明

我在船長室古老的木桌
專心研讀
描繪在羊皮紙上的航海圖
雲層正好裂開縫隙
唯一的陽光包圍著我
而四周都是湛藍的海
徹骨奇寒

#

電影終於散場了
光影稀薄，卻各有定位
此時投影機的光束
正好駐足在你的髮梢
細碎的光雨織出一片彩虹
觀眾紛紛起身離席
留下爆米花與飲料杯
我們還賴在座位上相擁

目睹過許多故事的結局
卻自私約定
還要再繼續溫暖下去

#

所以最初的讀者啊，此刻
你或許在我不知道的地方
讀到這些詩句
那是我獨自創造海洋，搭建宮殿
用文字構築
不容侵犯的永恆家園
以自私地將你留在
我們相遇的時間點

你放下手上的書
爐火在臉上忽明忽滅
外頭的世界正拋下我們
加速老去
但我最初的讀者啊
這首詩結束以前
我們的故事必將延續
成為童謠，永恆的替代品

草原上時間的牧童
將一代一代
不斷傳唱下去

輯二・時

初吻

是時光
趁我們不注意的時候
使那年的一個初吻
成為永恆

是那個吻
夏夜裡輕輕的雨點
讓滿園子聒噪的青蛙
都變成了王子

是那個夜晚
我們忽然讀懂了詩
發現那些遙遠的星星
原來也有眼淚

是那之後
從心底流出了眼淚
一層層包覆其上
使一隻平凡的蟲豸
成為琥珀
透明的標點，標註著
那永遠不再來的
初吻般
永恆的時光

冰河時代

在夢境的冰原上
埋藏著最後一隻長毛象
一起被冰封的
還有春天的嫩草
與冰河期的陽光

那時大約是春天
新時代的開始
下著無聲的雪
他們一如往常敏感、多疑
往溫暖的南方遷徙
準備開始信仰
新的文明

時間已繞道而行
只有我留在原地
歲月再也無法造成傷害
彷彿即將醒來
繼續追上

早已消失的隊伍
覓食、繁殖
在另一個時空裡戀愛老去

直到在歷史的荒原上
遇見了你
只有你的眼神
能穿透千萬層堅冰
看到我

彷彿心還在跳
彷彿空洞的軀體深處
還能發出回音

少女時代

那些連自己
也幾乎不認識的臉孔
摺好收在舊鞋盒裡
記憶的毛邊
如今比月還遠
比海還鹹

守靈夜

——致立法院前的人群

是夜
我們靜坐於此
燃燒手中僅有的燭火
接力點亮
彼此眼裡的星星

是夜
巨大的黑暗之前
我們於此靜坐
如果你能站進我們之間
或許可以在我眼中
看見遼闊而明亮的星空

青春期

已經不再來的
十九歲
氣球般膨脹的盛夏
正要漂浮穿過
現實群聚的針尖

盛裝的未來站在門口
猶豫著
敲了敲門
約我去一場
青春的畢業舞會

時間壅塞的單行道
路總是太長
燈火太過輝煌

還沒來得及跳舞
就老了
還沒吻過就醒了
載我來的馬車
還沒到十二點
就已經變成南瓜

所謂的長大
就是所有印象中的尺寸
最終都差了一截
黃色的蓬蓬裙
已經綻放過了
晾在屋角

我在陽光下學習打毛線
專心變胖變圓
越來越像
一顆內斂成熟的南瓜

魔幻時刻

早晨的霧
讓城市與天空和解
傍晚的灰塵
索取陽光的擁抱

風箏開始願意
跟著細線回家

情侶牽手的影子
在堅硬的牆面上
雕出花紋

垃圾桶旁的碎玻璃
被光鍛造成鑽石
噴泉終於等到彩虹
一起變成花束

不能再更美了
不能再更接近永恆
我們終於可以相戀
哭泣的你微笑閉上眼睛
整個世界
從此不再下雨

清明

雲貼近大地
風中飄零著雨的魂魄
此時我們茹素、更衣、理髮
回到低矮的墳前
問候靜坐的祖先

紙錢焚燒薄薄的煙
薄薄的山景寒傖的街
禱詞日趨簡練
泥濘上足印匆忙
喧鬧的族裔都來過
留下祭品與垃圾
陽光落在林子裡
青苔爬上墓碑
一絲冰涼的善意
紋白蝶停在新理好的塚上
世界列隊走入時間的墳場

泡麵人生

人生啊
不就是被粗暴撕開碗蓋
亮出貧乏的內容物
等待調味料的泥濘從天而降
落在誰的頭頂
命運吧

今晚又是哪種口味？
乾硬而脆的麵條被熱水沖過
在黑鹹的湯裡逐漸發胖
他們說這就是長大
成熟的表現

記憶中科學麵的吃法是捏碎後加鹽
但已不再是邊走邊吃的小學生
人們變胖老去
泡麵永遠年輕
為了變得不朽
我們吃下更多的防腐劑

宇宙膨脹假說

科學家說
宇宙正在膨脹
星星加速離開
世界終將分崩離析
而我們也是

但這樣也好
像兩艘遠行的船
在一無所有的海面交錯而過
生活是細微的水波
波紋上有夕陽零碎的反光
每天總有些什麼，像落日
都在不可抗拒地
消失

是船
總要啟航的吧
反正還能寫寫明信片
動用些廉價的禮貌字眼從遠方

互相懷念
一趟不能回頭的
寂寞航行啊
只是天黑之後
夜歸的槳該划向哪裡呢
處處是頹圮的星座
但偶爾，偶爾
夜裡守望的水手
被滿天星屑扎進眼睛

流下整片海洋
濃縮成的一滴淚

因為星群確實正在遠離
正巧我們也是
美好的一切分崩離析
正在消失

二十五歲

二十五歲，開始
想找個人結婚
把眼淚沾濕的衛生紙
揉縐成一張越來越熟悉的臉
讓他被陽光晾乾
日常生活裡，小小的良善

僅僅跨過一夜
就來到了二十五歲
那是開始有點錢
卻更加貧窮的年紀
朋友都遠行去了
影子越來越重
起風的夜裡，身邊躺著
是不再熟悉的二十四歲
你有點羨慕他
但他現在只是銅像
有著銅像該有的
堅定的手指與肩膀

他們說你都已經
二十五歲了，翻過身
即將二十六歲
應該要堅強起來
抬高下巴，打好領帶
說著自己也不相信的話
床越換越大
卻開始難以入睡

衰敗的夢想代謝不良，堆積成
日漸龐大
但無法燃燒的脂肪

夏日氛圍

1

雲影退潮
整個盆地陷入高燒
過多的熱量灌輸我們信仰
陽光的一神教
攻占所有可見的版面

新聞黏膩，報紙發出汗臭
謊言是果皮越削越長
過熟的夏日腐爛生汁
有人在遠方豢養更大的猛獸
有人祕密打造新的太陽

2

我們的激情年輕如剉冰
快速刨出，並伴隨噪音
裝飾著廉價色素與糖漿
許多人粗暴地伸出湯匙瓜分
之後高塔崩解，魔法消失

剩下原地的自己
平凡的糖水，被打回原形

3

夏天適合周年慶特賣會
滿街印刷粗劣的傳單
譬如「我愛你」「我發誓」
慾望焚燒著慾望

因而造成無可抑止的
溫室效應
夏天也適合燃放煙火
眾人的期盼一起升空
碎裂成琉璃四散
總是只有某些人能捕捉到火
而留下其他人，享受到煙

4
午後暴雨撞進瞳孔
年輕的子彈比賽墜落的速度，紛紛射向

看不見的靶心
烏雲盤旋的背景如一張老唱片黑而冷
燒錄了整個時代卻不發出回音

但雨終於停了
柏油路上的水窪
是被打碎的雲與藍天
眾神遺落在人間的鏡子啊
快速變化著臉孔

讓每個路過的人
都忍不住開啟了靈魂

5

將盡的夏日如緩緩下陷的沼澤
藏匿所有失蹤的足跡
一天過後又是同樣的日落
天空被匆忙的夕陽擦傷
血色暗紅
腥臊而鹹的黃昏啊
斑馬線上有人忽然停下來
抬頭，目睹這巨大的一刻

發現生活是未曾痊癒的傷口
屢次結成硬痂
復被撕開

星光熄滅之後

「近一世紀來，已知宇宙膨脹是因為約一百四十億年前大爆炸的結果。然而，發現了此一膨脹正加速進行，實令人震驚。如果膨脹持續加速，宇宙最後會冰封。」

——二〇一一年諾貝爾物理學獎頌詞

最初是光。

質輕，那是因為相信
聚合細微的體溫

就足以燃燒，在黑暗裡
散發著光

然後是擠壓與碰撞
是濃縮的疼痛，釋放出
搏動的岩漿
初生的能量
因為年輕，所以毫無保留相信
向太空深處不斷

散發出輻射
使你冷卻
也使你成長，因而有了
堅硬的外殼

宇宙膨脹
時間被拉得更長
邊境拓展出新的邊境
身後星群飛散開
落入銀河的沙灘

最終是虛無擴張
溫度持續下降，傷害冰封

成為永恆的背景
往前是未知的光年
空間曠野裡
迴盪著記憶的紅位移
曾經發出過的能量
將於此再次重現，在星光
都熄滅之後

輯三・地

紅樹林

是眼淚帶我來的
那原是河口
一片荒蕪的沼澤地

鹹鹹的淚水又輕易淹沒了我
如你
呼吸般的潮汐

精神病院

我與他
隔著鐵窗對視
像一面鏡子：
他羨慕我的權力
我羨慕他的誠實

雨夜墾丁

時速六十
車燈是流體
暈開的光的軌跡
黑夜撞得粉碎
雨水如時間的玻璃屑迎著強風
斜斜撲在我們臉上

路旁是海洋
一萬公頃的黑暗與潮汐
並不對我開啟

我們放棄撐傘
前往祕密的沙灘海岸
圍籬寫著禁止進入
黏附在腳底的
原是死去的珊瑚

所有傷人的銳角皆被磨平
留下一點海的魂魄

遠方已經亮起燈光
雨停了
音響又鼓譟起來，夜市裡
寂寞摩擦著寂寞生火
我們決定繼續坐著如礁岩風化
不去加入那些燃燒
成為黑暗的一部分

和平

列車來去，印刷一張張相似的臉
陳舊的藍色上衣
繡著模糊的名字
用同樣的步伐
走向相同的目的地
剪票口收攏人潮

有人收走車票，收走聲音
隊伍是一場無聲的遊行

曾經吵鬧的，最後都離開了
風吹過空曠的車站，翻看長椅上
連同生活一起被遺棄的報紙
曾經有海，海被囚禁在視線之外
工廠的煙囪抵著山的咽喉
山不會說話
當然也不會關說、抗議，以及其他
安靜而堅硬的都被剷除了
剩下整修好的車站
幾個工人留下來粉刷

水泥製的臉孔貼上磁磚
他有個美好的名字，叫做和平

註：和平車站——乘客多位於和平水泥工業區服務，屬於北迴線乘客人數相對較多的車站。（引自維基百科）

利物浦

經過一段陡坡
失速的青春
沿途發出刺耳的剎車聲

起風的時候
就要學會勇敢

放開雙手
擁抱

瓦拉納西

如是我聞
彼時釋尊還在世
有泥濘的地方就有他的足印
我們走過很長的路
淤積的恆河平原
在釋尊眼中
是尚未開墾的萬頃良田

有終點的路才能稱為圓滿
然而我還有缺憾
時間鏽蝕釋尊的金軀
曠野的風聲狙擊著僅有的明燈
黑暗在視野之外逐漸擴大
夜裡我披衣而起
我怕

釋尊緩緩睜開雙眼
虛空之中
智慧迸發出閃電：
想想瓦拉納西
火葬台上焚燒著屍骸
蓮花在下游的水中盛開
生命的本質是不斷腐敗
但有溪谷的地方就有甘泉流經
萬劫時間焚毀肉身
火燒不滅即是菩提
我涕淚齊出久久伏地
向釋尊頂禮

我又再次回到瓦拉納西
風輕且淺
釋尊不再當年的河水不再
但恆河，恆河依然常在
河水流經，水中不變是我的倒影
本是深目高鼻
印度平原上億萬輪迴
俱收攏在我眉心

累世不滅

一點朱紅的印記

哭牆

讓我們禱告
在牆的裡面
牽起手來禱告
上帝與戰鬥機將保佑我們攻無不克
因為我們是全副武裝的
和平主義者

我們在牆的裡面
溫習著大屠殺的歷史
讓那些恐怖分子
世世代代鎖在他們的土地上
圍牆之外
就是他們的牢房

牆太高了
只有鳥飛得過
水泥太厚
連哭聲也無法穿透
就讓塗鴉安靜地爬過圍牆

讓丟上來的汽油彈
在牆上開滿鮮花

耶穌已經離開很久了
他留下口信給我
最後一堵牆倒下的時候
他就回來

加薩走廊

歷史經過這裡
但只有苦難留下
火箭與坦克經過這裡
只有死亡留下

記者曾經來過這裡
相機帶走許多無聲的臉
但報紙上的譴責聲明很輕
風一吹
沒有聲音留下

空襲暫停的午後
學校倒塌了
醫院倒塌了

一顆足球等待不到笑聲
一件白袍沾滿了灰塵
走廊的盡頭
還看得到光嗎
只有雜草與恨
在瓦礫堆中萌芽

屠殺

世足賽進行到第十一分鐘
德國Müller率先破門
（火箭撕裂天空，遠處
清真寺傳來晚禱的聲響）

第七十九分鐘
德國七比零領先巴西
（空襲奪走加薩走廊一百多條性命
以色列目前無人傷亡）

他們在世界各地的酒吧裡
盯著四十吋螢幕上著同一場賽事
（他們搬著椅子走出戶外，邊吃爆米花
邊舉杯看著遠處的空襲）

火箭在遙遠的土地上
無聲的爆炸
全世界
只聽得見足球入網的聲響

最後他們哭了
在自己的國度裡
降下國旗
（他們說這是保護邊陲行動）

他們說
這是屠殺

兒童樂園

鞋子是船
影子伸出長長的槳
在焦黑的土地上
划向遠方

陽光是冷的
黃昏裡
有焚燒的氣息

候車亭裡
下班後的小丑
失去了糖果與氣球
有我看過最悲傷的笑臉

今天是樂園最後一天營業
遠處空襲的聲音
來不及逃走的孩子
都躲到了這裡

木馬在原地旋轉著
（永遠不可能到更遠的地方了）
鬼屋的門虛掩著
（電視裡戴著面具的人
是最可怕的鬼）
就要熄燈了
今晚的遊戲是捉迷藏
讓我用沙土和血跡為他們上妝

然後躲回廢墟裡
靜靜躺好
在這片曾經是樂園的土地上
再也不會
被任何人找到

耶路撒冷

耶路撒冷啊，如果我忘記你
情願我的手忘記技巧
舌頭失去話語
我將記得你如記得沙漠裡的第一場雨

耶路撒冷裡
每寸陽光還徙都是生命的縮影
神的腳下
戰爭如陰影蔓延
商人，小偷，朝聖者
在彼此的廢墟上
用沾血的石塊
建造起新的神殿

彌賽亞
彌賽亞
我不能忘記你
不能忘記
在遙遠的未來裡
你的降臨
將穿過城門
穿過我的身體
帶走這片土地所有腐敗的祕密
歷史牆面上粗糙的裂縫
塞滿太多禱告
更多墓穴在門外列隊

等待進城
我聽見城牆裡
傳出回音
「不安的靈魂
都來到我眼前吧
在這裡時間將沉澱所有的罪
因為我是耶路撒冷
你們的神」

以色列

跋涉過流亡的歷史
身後是飛砂的埃及
再往前走啊我們就要回家
從遠方歸來的那人說過
應善待你的鄰人
如同自己

先知分開紅海
是為了讓我們
能夠努力，朝彼此
更加接近

那些鄰人，不信上帝
有著不同顏色的眼睛
但你應當愛他們
如同愛你最年幼的那個兄弟

擁抱之後
就繼續向前走吧
讓那些祭師
繼續爭執拗口的文字
神所應許的奶與蜜之地
向來都只存在
看到天堂的人心裡

輯四・物

天蠍

將愛與恨
熬得更濃稠一些
慢慢滴在你的傷口上
此後在沒有光的夜裡
結痂的地方
都會既痛
且癢

葉子

已經是這樣的季節了
只要有人吹一口氣
整個世界
就一起往下掉

秋天像一則流傳過久的傳說
祕密地敗壞
陽光淤積
於日漸衰弱的葉脈
不會再更溫暖了
前方
只有雪靠近的消息

日子一天一天跌落
沒有遮蔽的枝頭，背負著
整夜的風
萬物低頭的時刻
只有我們敢站在高處

因為還欠多雨水的春天
一次溫暖的擁抱
因為我們是葉子
我們
善於等待

多肉植物

已經久旱無雨
原是多肉的身軀

剪下記憶中的雨絲
武裝在身上
從最深的心裡
長出了刺

拒絕一切擁抱
就能與不斷逼近的沙漠
隔出距離

把珍貴的水分
都藏在深處等待
只要一次降雨
就能從癒合的傷口
開出一整個花季

蕨類植物

相較於
向光性的愛人
我情願我是瘦的
如一株善長在背光處
多年生，草本
隱花植物

我與我的同類
在陰影裡
學習伸展羞怯的葉
還能夠呼吸
卻總被當成靜物
是我們的宿命
譬如有些植物
拒絕依附　攀爬

卻一輩子再怎麼努力
也無法開花

即使被世界遺忘
還是會朝著陽光生長
這是我們的長處：
不太需要澆水
只要一點點愛
就能活

也曾經被傷害過
就從葉片邊緣
漸漸長出了羊齒

沒有光的日子
浸泡在泥濘裡
我反覆
咀嚼自己

沙堡

這顆星球已經有太多建築
但不妨再堆個沙堡
容易崩毀且難以重塑
如同所有美好
卻無法複製的事物

再怎麼歪斜的城堡
都是神創造的紀念品
最脆弱的核心
還留有祂
孩提時的指印

詛咒

對著鏡子獨自練習笑臉
說出此生
最惡毒的字眼
「祝你幸福」

請、謝謝、對不起

請坐下
請帶著微笑
與我們的敵人一起坐下
共用一張圓桌
我們放下槍桿拿起筷子
粗暴地分食濺出滿地湯汁

吃過豐盛的餐點之後
請用茶
短暫的茶香充滿鼻腔
用潔白的餐巾抹去嘴角油光
交換著甜膩的謊話
桌面散落著切割過牲禮的
油膩的刀叉

謝謝你們帶來一種
節慶的氣息
帶來音樂、小丑
以及化妝遊行
獅子跳過火圈
大象踩在氣球上

夢想輕易被取悅
但高聳的帳篷裡看不見天頂
星星都隱沒了
廉價的燈泡取代了銀河
然後煙火升空了
怪物入侵了
面對明天一種「什麼都有了，
卻感覺什麼都沒有」的空虛
我們該怎麼辦呢

馬戲團裡最後一個魔術
把全城的色彩都變走
留下滿地髒污
風裡飄零著紅布條
他們竟然還要求我們列隊鼓掌
夾道歡迎

推開門就撞碎了一地的
連日的雨
遠方是大而歪斜的水泥街景
只好撐一把傘不被淋濕
換上一副雨衣般的表情
站在簷下旁觀
也就成為背景的烏雲之一

走著走著鞋就舊了
想抓住更多
拳頭就鬆開了
曾經憤怒過的年代煙消雲散
關於未來
除了道歉我們還能夠怎麼辦呢
此刻我能說的
皆不是我真正想說的
語言被文明切割過了

剩下殘缺的背景
直到我們終於擁有了愛
因而不再恐懼
遠處的天空已經變成寶藍繡金
有人選擇走進雨中收起了傘
收走了烏雲也釋放了遠方的山
雨就慢慢停了有陽光經過
我們決定脫下外衣面對自己
不需要向任何人說對不起
從今以後可以不再害怕淋雨
不再躲在屋子裡
抱著禮貌想像未來
要求自己繼續忍耐

安靜坐著等待

一個空的郵箱
很少有信
隨時因一份廣告傳單的投入
而發出咚的聲響

流星

其實我無力實現願望
只想留在太空深處
孤獨地發光

哈伯太空望遠鏡

關於學術：
百億光年的黑暗
壓縮進一隻瞳孔
被放逐到視線之外的觀測者
接收著全宇宙最深邃的孤獨

塑膠模特兒

寄宿過千百種衣著
卻沒有一件
留在自己身上
維持一個永不發胖
完美的形象
擺渡欲望的舟楫

無老死生滅
端坐之身軀
乃一菩薩

複音口琴

呼吸之中
隱約透漏金屬的剛性
執著的頻率
不需其他樂器共鳴
我就是
自己的和音

排列組合

——試問「庭院深深深幾許」有幾種排列組合方式？（高中數學・排列組合）

今夜有雨，庭院深幾許
水霧的絨布
擦過路燈
令光有銅的質地
微鹹如血

我們曾經在此爭辯
古老的習題
假設相同字必將相鄰
幾許庭院深深
深深的院子總有
緊閉著的朱紅大門
夜色鎖著古井
古井中鎖著
你的倒影
你將我留在深深的庭院裡
看守你無法風乾的輪廓
夜夜用目光擦拭

越來越亮的，你的倒影
彷彿也將成為我的

漣漪抹去水面
藤蔓包覆欄杆
鑄鐵上殘留的手汗體溫
被時間釀成鏽跡
一如詛咒：
「相同兩字

必然無法相鄰」
雨打濕燈下的柏油路面
一卷纏綿的宣紙長長
鋪向遠方
失去關聯的字從天空跌落
徬徨如雨
珠玉叩響紙上
說不出口的
雨都替我們接下去說了

雨是標點
令字與字之間
留下轉身的距離

我徘徊在庭院前後
撥亂春帷幾許
也常在深深夢裡回到
百花盛開處
本應相同的部首
只能含蓄點頭
等待彼此遇見不同的字
排列成陌生的星圖
組合命盤

在沒有答案的紙上
亂針刺繡出無數個透著光的
不同的故事

（香港青年文學獎　新詩組冠軍）

雷陣雨

用一道閃電
去質疑黑暗的意義
用雷聲告訴所有沉睡的人
大雨將近的消息

起風的時候
連廣場上的落葉
都會想飛
曾經安靜的雲
與整片天空決裂
成為雨

整個世界正加速落下
如果此時仰起頭
走進雨中
是否也能感受到
飛行時的痛楚與風

【2016新書講座】

阿布《Jamais vu 似陌生感》新書簽講會

2016／03／05（六）

主講人／阿布

與談人／蔡琳森、賀婕

時間／p.m. 7:00

地　點／永樂座（106 台北市羅斯福路三段283巷21弄6號）

洽詢電話：(02)2749-4988

＊免費入場，座位有限

國家圖書館預行編目資料

Jamais vu 似陌生感／阿布著.--初版.--臺北市:寶瓶文化,2016.1
面； 公分.--(Island；253)

ISBN 978-986-406-041-2(平裝)

851.486 105000149

Island 253

Jamais vu 似陌生感

作者／阿布

發行人／張寶琴
社長兼總編輯／朱亞君
主編／張純玲・簡伊玲
編輯／賴逸娟・丁慧瑋
美術主編／林慧雯
校對／賴逸娟・陳佩伶・劉素芬・阿布
業務經理／李婉婷
企劃專員／林歆婕
財務主任／歐素琪 業務專員／林裕翔
出版者／寶瓶文化事業股份有限公司
地址／台北市110信義區基隆路一段180號8樓
電話／(02)27494988 傳真／(02)27495072
郵政劃撥／19446403 寶瓶文化事業股份有限公司
印刷廠／世和印製企業有限公司
總經銷／大和書報圖書股份有限公司 電話／(02)89902588
地址／新北市五股工業區五工五路2號 傳真／(02)22997900
E-mail／aquarius@udngroup.com

法律顧問／理律法律事務所陳長文律師、蔣大中律師
如有破損或裝訂錯誤，請寄回本公司更換
著作完成日期／二〇一五年
初版一刷日期／二〇一六年一月二十七日
ISBN／978-986-406-041-2
定價／二八〇元

贊助單位 20th 國藝會 NCAF

AQUARIUS 寶瓶 文化事業

愛書人卡

感謝您熱心的為我們填寫，
對您的意見，我們會認真的加以參考，
希望寶瓶文化推出的每一本書，都能得到您的肯定與永遠的支持。

系列：Island253 **書名：Jamais vu 似陌生感**

1. 姓名：＿＿＿＿＿＿＿＿＿＿ 性別：□男 □女

2. 生日：＿＿＿年＿＿＿月＿＿＿日

3. 教育程度：□大學以上 □大學 □專科 □高中、高職 □高中職以下

4. 職業：＿＿＿＿＿＿＿＿

5. 聯絡地址：＿＿＿＿＿＿＿＿＿＿＿＿＿＿＿＿＿＿＿＿＿＿＿＿

聯絡電話：＿＿＿＿＿＿＿＿＿＿ 手機：＿＿＿＿＿＿＿＿＿＿

6. E-mail信箱：＿＿＿＿＿＿＿＿＿＿＿＿＿＿＿＿＿＿

□同意 □不同意 免費獲得寶瓶文化叢書訊息

7. 購買日期：＿＿＿ 年 ＿＿＿ 月 ＿＿＿日

8. 您得知本書的管道：□報紙／雜誌 □電視／電台 □親友介紹 □逛書店 □網路 □傳單／海報 □廣告 □其他

9. 您在哪裡買到本書：□書店，店名＿＿＿＿＿＿ □劃撥 □現場活動 □贈書 □網路購書，網站名稱：＿＿＿＿＿＿＿ □其他＿＿＿＿＿＿

10. 對本書的建議：（請填代號 1. 滿意 2. 尚可 3. 再改進，請提供意見）

內容：＿＿＿＿＿＿＿＿＿＿＿＿＿＿

封面：＿＿＿＿＿＿＿＿＿＿＿＿＿＿

編排：＿＿＿＿＿＿＿＿＿＿＿＿＿＿

其他：＿＿＿＿＿＿＿＿＿＿＿＿＿＿

綜合意見：＿＿＿＿＿＿＿＿＿＿＿＿＿＿＿＿＿＿＿＿＿＿＿＿＿＿＿

11. 希望我們未來出版哪一類的書籍：＿＿＿＿＿＿＿＿＿＿

讓文字與書寫的聲音大鳴大放

寶瓶文化事業股份有限公司

（請沿此虛線剪下）

廣　告　回　函
北區郵政管理局登記
證北台字15345號
免貼郵票

寶瓶文化事業股份有限公司　收

110台北市信義區基隆路一段180號8樓

8F,180 KEELUNG RD.,SEC.1,

TAIPEI.(110)TAIWAN R.O.C.

（請沿虛線對折後寄回，謝謝）